U0075085

象爸的背影

── 踏上旅程的日子 ──

文 秋元康　圖 城井 文　譯 陳瀅如

踏上旅程的日子

有_{ㄧㄡˇ}一_ㄧ天_{ㄊㄧㄢ}
早_{ㄗㄠˇ}晨_{ㄔㄣˊ}，

醒來的時候，

發現天神正等著我。

天_{ㄊㄧㄢ}神_{ㄕㄣ}輕_{ㄑㄧㄥ}聲_{ㄕㄥ}的_{ㄉㄜ}
告_{ㄍㄠ}訴_{ㄙㄨ}我_{ㄨㄛ}，

我的生命
快結束了。

為什麼只有我？

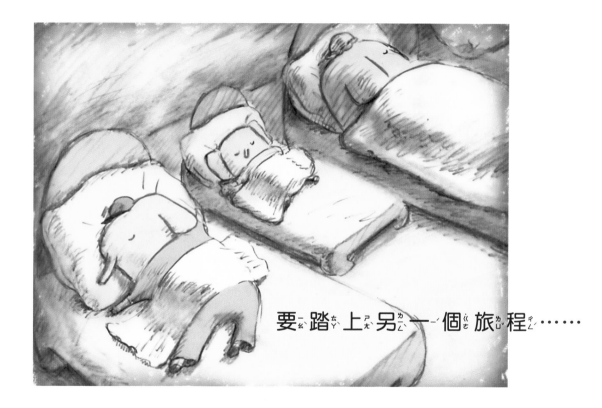

要踏上另一個旅程……

我ˇ的ㄉ命ㄇ運ㄩ
像ㄒ波ㄅ浪ㄌ般ㄅ起ㄑ伏ㄈ，

卻什麼也說不出口。

最（ㄗㄨㄟˋ）親（ㄑㄧㄣ）近（ㄐㄧㄣˋ）的（ㄉㄜ˙）
你（ㄋㄧˇ）們（ㄇㄣ˙），

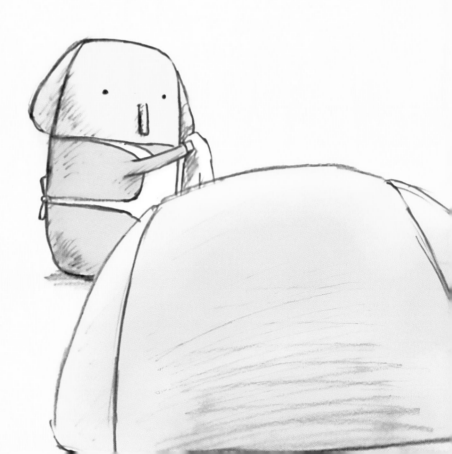

最重要的你們，

我ㄨㄛˇ們ㄇㄣ在ㄗㄞˋ一ㄧ起ㄑㄧˇ的ㄉㄜ日ㄖˋ子ㄗˇ，
幸ㄒㄧㄥˋ福ㄈㄨˊ嗎ㄇㄚˊ？

那些日子都是回憶！

哪一天，

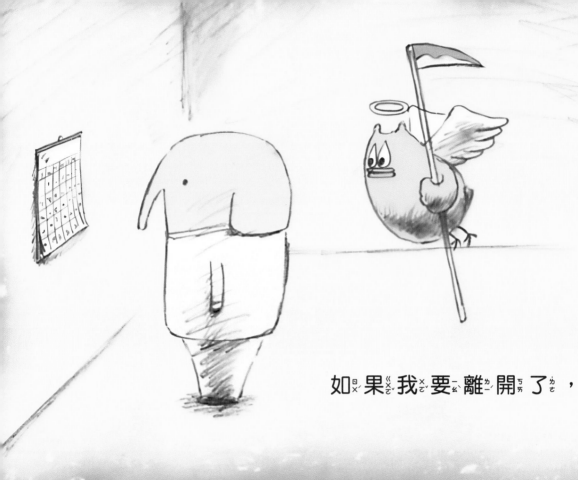

如ㄖㄨˊ果ㄍㄨㄛˇ我ㄨˇ要ㄧㄠˋ離ㄌㄧˊ開ㄎㄞ 了ㄌㄜ ，

在第一個晚上，　為我哭泣就好……

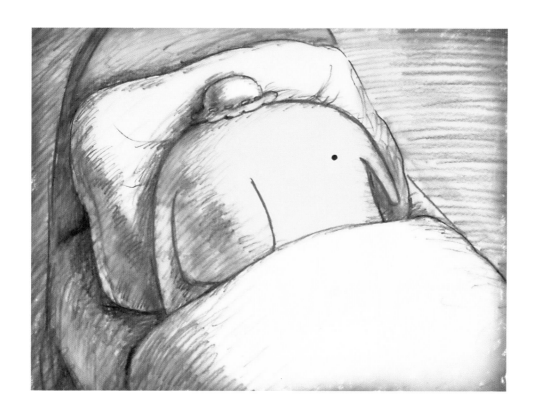

一邊回憶著我們在一起的日子，

一邊和我說再見就好⋯⋯

雲上的爸爸

即使……   我知道，

人都會迎接
生命結束的那一天，

我ㄨˇ卻ㄑㄩㄝˋ以ㄧˇ為ㄨㄟˊ不ㄅㄨˋ會ㄏㄨㄟˋ發ㄈㄚ生ㄕㄥ在ㄗㄞˋ自ㄗˋ己ㄐㄧˇ身ㄕㄣ上ㄕㄤˋ……

夕⁻陽ˊ比ˇ往ˇ常ˊ更ˋ加ˇ美ˇ麗ˋ，

不知不覺間， 我的心中滿懷感謝。

一路陪伴在身邊
的你們啊！

請原諒我留下你們， 自己先離開了。

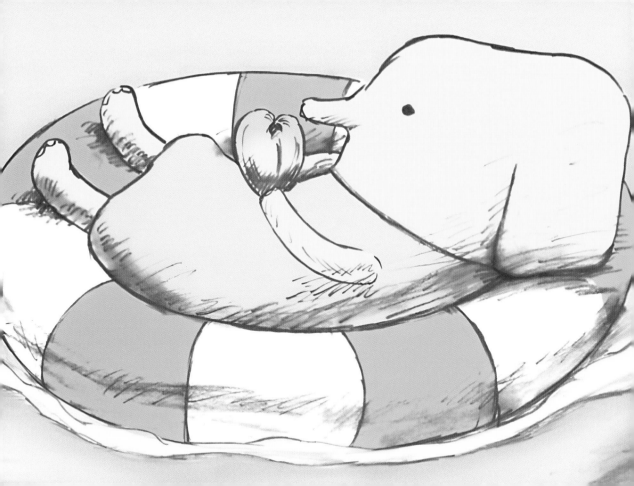

我ˇ們ˊ能ˊ相ˉ遇ˋ，

真ㄓㄣ的ㄉㄜ 好ㄏㄠˇ 幸ㄒㄧㄥˋ福ㄈㄨˊ！

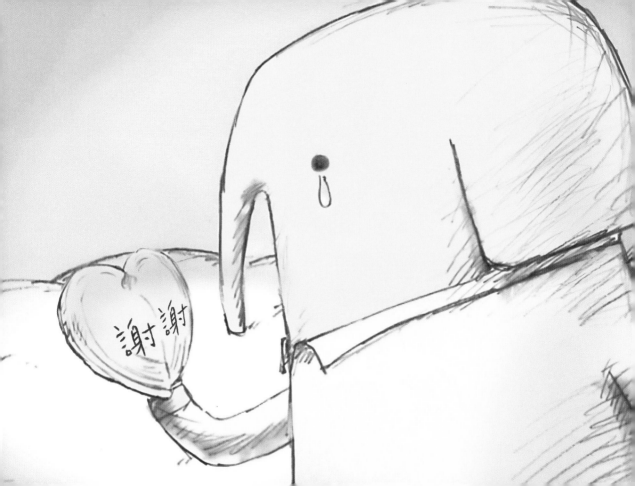

仰望著早晨的天空，

帶ㄉㄞˋ著ㄓㄜ˙微ㄨㄟ笑ㄒㄧㄠˋ，

我一定會化作陽光，

守護著你！

踏上旅程的日子

作詞：秋元 康　作曲：井上ヨシマサ
編曲：JULEPS ／ Papa Daisuke

有一天早晨，
醒來的時候，
發現天神正等著我。
天神輕聲的告訴我，
我的生命快結束了。

為什麼只有我？
要踏上另一個旅程⋯⋯
我的命運像波浪般起伏，
卻什麼也說不出口。

最親近的你們，
最重要的你們，
我們在一起的日子，幸福嗎？
那些日子都是回憶！

哪一天，
如果我要離開了，
在第一個晚上，為我哭泣就好⋯⋯
一邊回憶著我們在一起的日子，
一邊和我說再見就好⋯⋯

即使⋯⋯我知道，
人都會迎接生命結束的那一天，
我卻以為不會發生在自己身上⋯⋯

夕陽比往常更加美麗，
不知不覺間，我的心中滿懷感謝。

一路陪伴在身邊的你們啊！
請原諒我留下你們，自己先離開了。

我們能相遇，
真的好幸福！
仰望著早晨的天空，
帶著微笑，
我一定會化作陽光，
守護著你！

哪一天，
如果我要離開了，
在第一個晚上，為我哭泣就好⋯⋯
一邊回憶著我們在一起的日子，
一邊和我說再見就好⋯⋯

文 **秋元 康**

　　作詞家。身兼廣播作家身份，著手製作數種節目。1983 年以後，跨足於作詞家領域，其膾炙人口代表作有 Jero（傑洛）的「海雪」（榮獲第 41 屆日本作詩大獎）、AKB48 的「Flying Get」（榮獲第 53 屆日本唱片大獎）等。

　　為 AKB48 團體的總製作人。著書多數。小說《爸爸的背影》已於韓國拍攝成電影『Happy Ending』。

圖 **城井 文**

　　動畫家。於東京藝術大學就學期間，即嶄露頭角。其作品入選 CINANIMA（國際動畫大賞／ 1995 年・荷蘭）、並榮獲 BACA—JA1996 年最優秀獎。東京藝術大學研究所畢業後，擔任該校講師，同時活躍於兒童節目，製作了 Hands Two Hands 的『煙火』PV、PAFFY 的『紅茶之歌』PV 等作品。曾出版動畫改編繪本《雲上的阿里》。

譯 **陳瀅如**

　　喜歡孩子以及與孩子相關的事物，曾在日本國立東京學藝大學碩士課程與白百合女子大學兒童文學領域博士課程學習兒童文學。目前，從事教育教學的工作、關懷兒童的志業。

　　譯作有：《雲上的阿里》、《掌心的祕密》、《媽媽看我！》、《媽媽成為媽媽的一天》、《爸爸成為爸爸的一天》、《為我取個名字》、《蔬菜寶寶躲貓貓》、《橡果與山貓》、《小樹苗大世界》、《Life 幸福小舖》等。

國家圖書館出版品預行編目(CIP)資料

象爸的背影:踏上旅程的日子/秋元康文;城井文圖;陳瀅如譯.--第二版.--
臺北市:親子天下股份有限公司,2023.09
82面;18.2*12.9公分.--(繪本;342)
國語注音
譯自:象の背中
ISBN978-626-305-545-2(精裝)
861.599　　　　　　　　　　　　　112011318

繪本 0342

象爸的背影 —踏上旅程的日子—

作者｜秋元康　繪者｜城井文　譯者｜陳瀅如
責任編輯｜陳婕瑜　美術設計｜林子晴　行銷企劃｜高嘉吟
天下雜誌群創辦人｜殷允芃　董事長兼執行長｜何琦瑜
媒體暨產品事業群
總經理｜游玉雪　副總經理｜林彥傑　總編輯｜林欣靜
行銷總監｜林育菁　副總監｜蔡忠琦　版權主任｜何晨瑋、黃微真
出版者｜親子天下股份有限公司　地址｜台北市 104 建國北路一段 96 號 4 樓
電話｜（02）2509-2800　傳真｜（02）2509-2462　網址｜www.parenting.com.tw
讀者服務專線｜（02）2662-0332　週一～週五；09:00~17:30
傳真｜（02）2662-6048　客服信箱｜parenting@cw.com.tw
法律顧問｜台英國際商務法律事務所・羅明通律師　製版印刷｜中原造像股份有限
總經銷｜大和圖書有限公司　電話；（02）8990-2588
出版日期｜ 2019 年 3 月第一版第一次印行
　　　　　2023 年 9 月第二版第一次印行
　　　　　2024 年 10 月第二版第二次印行
定價｜ 320 元　書號｜ BKKP0342P　ISBN｜ 978-626-305-545-2（精裝）
訂購服務
親子天下 Shopping｜shopping.parenting.com.tw
海外・大量訂購｜parenting@service.cw.com.tw
書香花園｜台北市建國北路二段 6 巷 11 號　電話（02）2506-1635
劃撥帳號｜ 50331356　親子天下股份有限公司

立即購買＞